一

趙曉彤 著

故事文庫

目錄

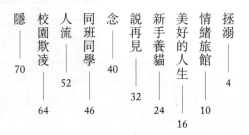

拯溺

沒有人救自己，就自我拯救。

那是第一日，她全心全意對自己好。

清晨，她自然醒來，慢速梳洗後，到街市買了一條魚、一斤菜、幾個蘋果，回家煮飯。父母板着臉吃過她預備的早餐後，出門上班。她在靜謐的家裏收拾碗筷、掃地、拖地、洗衣服。當洗衣槽在高速轉動時，她拿出兩張紙，非常認真地寫着兩張清單，一張是「十項令自己快樂的事」，一張是「十項令自己健康的事」。今天起，她的任務是各完成一項，這是她開給自己的藥方。

第一次到皮膚科診所。那段日子，她的情緒接近崩潰。醫生仔細看過她臉上、身上的紅疹後，說：「我不能開藥給你，你要靠自己康復。」

「我怎可能自己康復？」她非常害怕。

一年前，上司再次增加她的工作量，她常常工作至深宵。一天醒來，她驚覺自己全身都是紅疹，就像一大堆紅蟻爬在身上，爬到臉上的紅蟻特別癢。她知道男朋友有持續多年的外遇，她一直等不到他們分開。她看了中醫。她知道父母不和她說話是看不起她，父母常常說：「我對你這種人很失望。」她看了西醫。她知道再忍受兩三年不合理的工作量與指責，上司會給她一份長期合約。她一再看醫生，藥物完全無效。

直至她看了一個收費高昂的醫生，獲得三個月份量的特效藥，她吃下第一顆藥，紅蟻已全部退兵。她鬆一口氣。只要每天吃一顆藥，就可以如常生活。她持續吃了一年藥，身體愈見虛弱，幾次在陽光下暈倒。

一次，休克了半日，在醫院醒來，自手袋取出一盒特效藥，醫生大驚，說：「這種藥物不能持續服用超過半年，你已吃了一年。」

醫生把她轉介到皮膚科診所，皮膚科醫生不肯開藥給她。「你說你病發時，壓力很大，情緒很差，那麼，你做一些令自己開心和健康的事。沒有藥物可以拯救你。」

她在街上失神地走着，很恐懼要回到紅蟻滿身的日子。那時，他常常說她醜，要她化妝。化妝會令紅蟻更密集，她強忍着痕癢，在臉上塗上一層粉底。

走着、走着、走着……天空從晴轉暗，她打電話給上司說要立即辭職，上司冰冷地說：「我從未見過如此不負責任的人。」

她打電話給家人，說明自己的工作與病況，家人冰冷地說：「你真是不負責任。」

她不敢打電話了，改以短訊向義工群組說要退出，說明病況後，刻意寫了一句：「創傷實在太多。」群組不斷傳來訊息：「你不做，誰做？」「不負責任。」

她走到一間想吃很久的餐廳坐下來。平日一定喝凍飲，這次要了一杯清水。點餐後，她發了一個短訊給他，「我以後不再見你。」便立即把電話卡拔出、扔掉。至少，她是在悠閒地享用美食，此刻不是極差。

翌日起床，她煮早餐、做家務、寫清單。其中一項，是與朋友見面；其中一項，是早睡早起。列出的項目還有：細看美麗的街景、吃下新鮮的食物、跟一隻貓打招呼、出門前塗防曬乳、主動關心一個人、游泳一小時……

她在泳池裏游泳，還差十分鐘便游夠一小時。待會要去吃馳名清湯腩，店裏有一隻可愛的黃貓……想着想着，那些生活的難題，好像沒有那麼難面對。

那日，醫生要她兩個月後覆診。兩個月來，紅疹曾些微冒出，很快散去。半年後覆診，沒有復發，醫生說：「你已康復，不用再來。」

二〇二〇年八月刊於《StoryTeller》
二〇二一年六月修訂

情緒旅館

盈是寧的最後一個傾訴對象。

當盈把陶瓷杯裏的咖啡喝完，寧也趕及説完了她最近的創傷一號、二號和三號，以及那許多疲累的白晝和無眠的晚上。盈把空杯放下，語調溫柔地説：「你最近真是各方面都很糟呢……但變成這樣，你也要檢討自己。」

寧低下頭，強行把湧向眼眶的情緒吞回肚裏，呼一口氣，抬頭説：「是的，謝謝你聽我訴苦。」

盈滿意地笑着，説：「幫到你真好。」

盈與寧在咖啡店前告別。黃昏。寧沿着馬路旁的行人路走着，她走了很久，不知要到哪裏，她只是不想回家見人。路旁有一座圖書館，旁邊的上斜路通往大山，她在霧黑裏走上斜坡。山野無人。她忽然看見地上一池水，一尾魚正在水裏游動。她走向水窪，彎身一看，視線碰上了魚的亮黑眼珠。牠的眼珠也許倒映着星光，才會閃亮如星。她忽然發現水窪倒映着她身後的山洞。她常常來這裏散步，從未見過魚和山洞。

她只是很想逃離人間。便撥開洞口的樹枝和雜草，側身走進狹窄的山洞。走了很久，直至洞穴有了幽微的光，而光慢慢填滿她的視線，她走出了山洞，眼前陽光普照，鳥囀和花香不絕。前方是草地和遠山，草地盡處是密密麻麻的小屋。

「走吧，我帶你到你的房間。」一個身穿麻布背心裙的女人來到寧的旁邊，「你在房間休息後，如果想吃飯，我們每晚會在草地聚餐，你可以和我們一起吃，也可以拿食物回房間自閉。你想餓着也可以，你自在就好。」

「這裏是？」寧跟女人走着，一邊四圍張望。

「是一個休息的地方。所有筋疲力竭或生無可戀的人，都會看見一條出路，來這裏逃避人間。你可以在房間裏好好睡覺，或是苦苦思索，如果你悶，宿舍後面有學校、戲院、圖書館，也可到草地與人聊天。」

「你為何會來？」寧問女人。

「我們不問別人的事，我們討論電影和書本。」

「我會在這裏住多久？」

「住到你不想住，到時房間門牌會消失。」

房間門牌是寧的名字。最初，寧獨自吃飯，經常無眠。漸漸睡到了一兩小時。當睡眠開始充裕，她便到草地吃飯。寧才發現，這裏有很多人。

「人間難過嘛，」她旁邊的黑恤衫男人說，「又要你熱情生活，又要你步步為營，還不容許你休息。」

男人名叫黑。他在這裏學了結他，每天的晚飯時間，他都在草地抱着結他彈唱，臉上表情時而傷心，時而自樂。圍着草地的閃閃發亮的燈串是白的佈置。白是寧的鄰房，很健談，幾句話便令一桌人歡笑。寧可以想像，白在人間的角色設定是陽光和快樂，負責開解他人和積極樂觀。

一天，白的門牌消失了，白說：「我要回去收拾兒子的遺物了。我也想到他的幼稚園、小學、中學走走，煮他愛吃的食物。」寧與白道別。

黑的門牌也消失了，「雖然我身邊全是酒肉朋友，可是我很想和他們到海邊吹吹風、喝啤酒。我也想在海風裏彈結他。」寧與黑道別。

最初像管家一樣把寧帶到房間的女人，名叫灰，這十年間，她來這裏休息了四五十次，頭一次住了一年，回到人間不過三日，又回來住了半年。每個住客都猜測她的人生受盡折磨。

灰說：「我不覺得自己特別慘，或者特別脆弱。我只是需要情緒平復一點，再應付我的人生。我昨天在戲院看了齣紀錄片，那個經歷十年低潮的主角說，只要沒有死，低潮是好事，令你明白人生。我前天又看了一本書，其中一句話是『不滿就是圓滿，因為我們還有感情』……總之，我習慣了抵受不住便來這裏休息。

「第一次，我來這裏一年，除了看書和看戲，也學會了化妝。我因為很想見我前夫而回到人間。三日便回來。後來有次，我是想見朋友而回去，有次我是很想回覆我前夫的信。再後來，回去都和別人無關了，我有次是想看春天木棉花開，有次是記起秋季大減價，我要買我喜歡的手袋……」

「你因為一個手袋，就可以回人間受苦？」

「是啊。我上次回來前，在人間網購了耳環，是手工製的，很漂亮，應該差不多送到了，我很想打扮。」

灰的門牌消失了。

二〇二一年三月刊於《明報》世紀版
二〇二一年六月修訂

美好的人生

訪問詩人後，告別他之前，你們走到斑馬線前。紅燈。那年，你面臨着選擇。你剛在大學畢業，不知道要做安穩的工作，還是夢想的工作。

「當然是安穩的工作，」詩人秒速回答，「再過幾年，你可能會後悔選擇了安穩，但是你有了事業；但你幾年後後悔追夢，你會一無所有。」

他看見你的眼神從平和轉為迷茫，說：「我們年輕時，很多人想做詩人，寫詩搵食，多浪漫。我終於出版了第一本詩集，真快樂……賣不出，後來一箱箱書拖進垃圾房。我們幾十個人想做詩人，最後有一個人成功……你就當是追夢有人成功，有人失敗吧。」

綠燈。他過馬路，你往前走。你選擇留在夢想的工作。

＊＊＊

「如果你可以靠畫畫養活自己，你就是我最勁的朋友！」詠晴說這句話時，是你的中學同學。

那時，你已很喜歡畫畫，日夜練習。詠晴則如其他同學一樣，日日夜夜都在溫習、做功課、做補充練習，非常用功讀書，只為考進大學神科。你問詠晴和其他同班同學：「你們有熱愛的事嗎？你們的人生追求甚麼？」他們不明白你的問題，說：「都是醫生、律師，人人都是這樣說。」

你連上課也在爭分奪秒地畫畫，教科書佈滿了你的精緻畫作，你因此令老師生氣，罵你不肯用功讀書，「你又不是天才，再努力也不會成功，長大做一個三流畫家，誰會尊重你？」因為老師看不起你，你便是不受歡迎的同學，只有詠晴常常和你一起。她說：「我小時候很喜歡畫畫，也想過要做畫家，可是個個大人都説畫畫會乞食，我到十歲便不敢再説要做畫家。你好勁，你一直做自己。」

* * *

訪問詩人時，你在雜誌社工作，負責畫插畫。雖然不是自由創作，但你可以全時間畫畫，而且有了基本收入，你把這份工作算作夢想的起點。

雜誌社以廉價與壓價聘用每個員工，人手流失極速，你一入職，鄰座的設計師便提醒你要問心無愧地偷懶，千萬不要做傻事加班。

你的其中一項工作是替人物訪問畫人像。為求畫得神似，你主動提議與記者一起採訪，還在事前做很多預備工作，希望更了解所畫的人。放假時，你畫完一稿，不夠滿意，再畫一稿。

你細心聆聽眼前的中年詩人說：「我其實沒有寫作天份，只是很熱愛寫詩。我十分努力，所以我會走一條天才不用走的路，因此看見不一樣的風景。」

詩人翻開一本詩集，向記者解說書頁裏的一句詩，你看見詩人很想別人感受到詩有多美。

你又跟隨記者訪問一個高學歷農夫，他說：「我最快樂就是看着蔬菜一天天長大……貧窮不會痛苦，就是日子清靜一點。」「怎樣才會痛苦？」記者問，農夫答：「魚不在水中生活，鳥不能自由飛翔。」

你的用心工作沒有換來加薪或讚賞。你在這份工作遇見了很多追夢者，像你一樣非常刻苦，由於埋頭努力，很少抬頭看看眼前是否光明一片，或是漆黑一片。這些追夢者跟你從前在學校遇見的人不一樣，像是兩種不同的生物。

原來你不是怪人，你只是未遇見同類。

* * *

十年過去，你轉過幾份工作，全是畫畫，全是低薪。前輩向你說：「拜託你包裝自己、宣傳自己，不然你畫畫再靚也會被淘汰。」

詠晴過着人人都是這樣的生活。她最近置業，邀請你與幾個中學同學到新居一聚。你看見她的寬敞家居與精緻傢俱，想像如果你也乖巧聽話，人生裏，詠晴的家也會是你獲得的獎品。

中學同學都在討論買車、買樓、結婚、生仔，求婚戒指要幾錢才滿意，疫情後要到哪裏奢華地旅行。因為疫情而無法離港，便到高級餐廳和昂貴酒店好好消費，吃飯自拍打卡上載，照片附上一句：「美好的人生」。

「喂，大畫家，」他們觀賞着詠晴客廳的落地玻璃窗，以及窗外無邊際的大海，「老實說，你很羨慕吧？」

「我喜歡樸素的生活。」你說。

「你是無得選擇。」他們笑起來，「這些都是人間的追求，你不追求我們的追求，怎會賣得出作品？」

晚飯後，其他同學離開了，你陪詠晴執屋。前幾年，詠晴常常和你說，她不甘心一輩子就做安穩的工作，才華無所發揮，她再儲幾年錢，也想試試畫插畫為生。當時，她擔心：「我怕我技不如人，我有能力畫畫搵食嗎？」

現在，詠晴說：「我永遠不會儲夠錢，但有層樓，幾年後賣了再買樓，幾開心。」

臨別，她跟你說：「這麼多年，你仍在畫畫。你一直是我最勁的朋友。」

二〇二一年五月刊於《StoryTeller》
二〇二一年六月修訂

新手養貓

不是他決定要養貓的，他的同事卻把一隻貓連紙皮箱放在他的桌上，說：「貓需要人類，拜託你了。」

那日黃昏，同事在公司樓下撿到一個紙皮箱，裏面有一隻貓，然而辦公室不能養貓，同事便捧着紙皮箱逐個人問：「有人收留牠嗎？」

其餘同事，不是對貓敏感、害怕貓狗、家裏已養了一隻極霸道的貓，就是家有老弱，總之，整間辦公室只有他有資格收留一隻陌生的貓。同事知道他獨居，家裏沒有任何動物。

貓連紙皮箱就這樣放在他的桌上，同事全部準時下班。

他是想拒絕這件事的，莫說是貓，他平日連人類也不會相處。

他一畢業便搬出來，就是不想面對父母。他是非常靜默與內向的人，小學、中學都沒有同學找他吃飯，他對朋友的渴望大概在初中已成絕望，總是獨個兒上學、小息獨自挨着欄杆，一個人吃飯，一個人到圖書館。

除了工作，他幾乎不和人說話。因為長年沉默，他來不及反應，同事就把照顧一隻貓的責任強加於他，實在太過份了。他想把貓留在原地，一走了之，可是他一把辦公室的燈關上，又靜又黑，貓立時哀憐地喵喵叫。他只好開燈，在紙箱裏放一碗水，給牠一罐同事買的貓罐頭，轉身想走，一關燈，貓又可憐地喵喵叫，他照常鎖上玻璃門，拉下鐵閘，在大堂等候電梯。明明鐵閘的隔音不錯，他卻老是聽見喵喵叫。他已經走到巴士站了。他回辦公室，把貓帶到獸醫診所。

「貓叫甚麼名字？」護士問。

他認識的所有人，包括他自己，一開始就是有名有姓的，他不知道一天自己也可以決定某一生命的名字……然而，他不想和貓有任何瓜葛，一旦命名，貓即使不能算是「他的」，也要算是「他的責任」。

他苦惱着——「先生，貓叫甚麼名字？」護士不耐煩。「黑糖。」他看見獸醫診所外有一間黑糖珍珠奶茶店，連忙答。

獸醫說，黑糖很健康，很乾淨，三個月大，何時要回來打針和絕育。候診時，他在網上搜尋了許多養貓資訊。他不曾養動物。他還搜尋了「如何與貓相處」。離開診所，他帶貓到寵物街買了貓籠、貓糧等，便帶貓回家。

他把貓放在貓籠裏，並不確定自己是否可與另一生物共處一室。電話響鈴，他嚇一跳。「你和貓怎樣？」第一次，有人來電不是問公事。連他父母也不找他，任由他公式似的月尾循例回家一次。他不懂回應，同事便說了一堆如何和貓相處，「學着學着便懂。」他當時想，如果一定要學，他比較想學懂與人相處。同事最後說：「實在十分感激你。」

掛線後，他有一種奇怪的感覺。他那麼孤僻，從不求助於人，也不會有人選擇向他求助。

最初，他只打算把貓養在籠裏，像養金魚一樣任牠自生自滅，才二十分鐘，貓已開始喵喵叫，他只好檢查籠子裏的糧水——充足，貓砂——乾淨，他打開貓籠想看看貓可有受傷，貓卻如流水一樣跳到他的床上，非常舒服地伸懶腰。貓不像他，貓想要甚麼都會直接要求，像他深宵對着電腦不斷打字，貓忽然擋着屏幕，他後來明白貓是要他陪牠玩紙球，便陪貓玩。

與貓相處真是學着學着便懂。貓要求他、指令他，他不但不會生氣，還有點樂在其中。原來被需要也不錯。他後來閒着無聊，也會主動把紙球拋向貓，本來打瞌睡的貓便勉為其難陪他玩。

「你的貓好嗎？」同事主動問。最初他只是點頭，或是簡單回答一句。但他對貓這種生物實在有些疑惑——他想起「有話直說」的貓，鼓起勇氣問同事。同事詳盡回答，翌日還送他許多貓小食、貓玩具。

養貓以後，他有耐性了許多。貓想要甚麼，都是跳到他面前說：「喵喵。」那是代表甚麼？他只能從貓的行為，了解牠的想法。原來語言不是那麼重要，貓說甚麼都好，他也可以通過貓的行為了解牠。

他終於明白同事每天問他「你的貓好嗎」，並不是只關心那隻貓。

他從不與同事一起吃飯。午飯時間，同事如常結伴，準備離開辦公室的玻璃門，他忽然站起來，靦腆地跟隨同事的步伐。一個同事回頭，問：「你也一起吃飯嗎？」他點頭，生硬地嘗試與同事交談。他想，學着學着便懂。

二〇二一年五月刊於《StoryTeller》

說再見

貓離世之初，母親一日廿四小時不停說着貓怎樣、貓怎樣，婆婆和你請求她不要再說，「你不可以逃避，你要不斷說才會開心！」母親卻堅持要剝削你和婆婆靜默哀悼的權利。

昨天早上，貓獨自在診所離世。你看着貓睜大眼睛的屍體，想着，貓離開時，一定很恨。

你們的貓很膽小，最怕在家裏看見你們離開，或是你們全部不在家，或是待在陌生的地方。偏偏牠離世時，是在陌生地方，一個親人都沒有。牠會誤解是你們遺棄牠嗎？牠離世時，很痛苦吧。

你到診所接貓屍回家。貓在毛巾下、鐵床上，你掀開毛巾，看見貓睜大雙眼，你輕輕蓋上貓的眼簾，把微暖的貓屍帶回家。總算是先回家了，才再致電給寵物善終機構，把貓屍帶走。

＊＊＊

十年前，你在垃圾房發現一隻手掌大小的貓，帶回家，替牠洗澡後，放了一碗貓糧、一碗水，便一家人出門，關燈。邊行邊討論着貓到底是被人類遺棄或是被貓媽媽遺棄。一回家，開燈，貓立時撲向你，你抱起牠，牠已叫喊至失聲，你看看碗裏不曾減少的糧和水，明白貓很怕靜、很怕黑、很怕獨自在家。

只要家裏沒有人，貓就不肯吃喝，所以家裏總有一個人陪貓。即使如此，貓還是很期待所有人都在家裏，所以，其他人一回家，貓就會立即跑到木門後面，人一邊開門，貓一邊逐點逐點退後，抬頭看着歸家的人，渴望進門者會彎腰摸摸貓背，然後抱起牠。不過你們不是每次都記得先安撫貓，有時關門、脱鞋便走，留下門邊的貓在生悶氣。

貓待在家裏跟出跟入，白天陪你工作，深夜陪你睡覺，睡在你的枕頭旁邊。

十年過去。

* * *

貓急病入住診所。

是你送貓到診所。

翌日，你一早探貓，護士説，貓不肯吃糧。往日入住診所，貓也不肯吃糧，你把貓糧放在掌心遞給牠，牠會為了親近你而吃一點點。這次，你同樣拿着貓糧，打開貓暫住的診所的籠子，貓立時抓你，你縮手——慢了，手背留下一條血痕。

貓極憤怒地低鳴。貓是恨你送牠來，又不帶牠回家吧。你當時不明白，貓的情緒為何如此強烈。你後來回想，牠一定很想很想回家。是你不對。

＊＊＊

你們以為貓像平常一樣是小病小痛，在診所住幾天，就可以健康回家。

第二日，護士解說昨夜用針筒餵貓吃糧。餵多少。一包。可以餵半包嗎，貓在家裏只吃半包。護士微笑說，據診所指引，這品種的動物在這個年歲與體重，就是要餵一包。

婆婆來了看貓。貓原本軟癱癱的，像溶掉的雪糕球，一見婆婆便站起來，雙眼發光，而貓的視線是完美地避過了你。貓是恨你，同時想婆婆帶牠回家吧。婆婆本來想打開籠子摸摸貓，護士卻指着你手背的傷痕，說：「貓發惡。」婆婆思前想後，怕摸貓會令貓更憤怒，情緒影響病情，便隔着籠子跟貓說再見，「明天再來看你」。

* * *

貓忽然半昏迷，住進了氧氣袋。

你要把貓帶回家，母親要貓留在診所，她問：「你怎樣帶？貓在診所，還有一線生機。」

獸醫也反對你帶走貓，「回家後，牠不斷抽筋卻沒有人幫牠打針，你要牠抽筋幾小時才死嗎？」

* * *

夜裏，你躺在床上，看着枕頭旁邊那個空蕩蕩的、貓平日睡覺的位置，想着牠現在一定是很害怕和很想回家。你決定了，誰反對也好，明天一大早，診所一開門，你一定要帶牠回家。

明天是第三天，天剛亮，你接到獸醫的電話：「貓死了。」

手背的傷痕很快褪去，皮膚平滑得好像不曾受傷。你很後悔那天縮手，如果有一條深刻的傷痕，你的身上就有貓留下的痕跡。

家裏的貓毛和貓用品全部消失。你和婆婆隻字不提貓。

一年過去。

兩年過去。

三年過去。

你開門回家，放下一袋新衣服。母親説，如果貓在，已經跑來逐件衣服抓和嗅了。婆婆説，今天拿了棉被出來，如果貓在，牠已躲進棉被縫隙裏假裝是漢堡包餡料。飯後吃榴槤，你們説，如果貓在，已跳上桌子搶。

如果貓在——你們閒談，貓便在你們家裏。

二〇一八年十二月刊於《StoryTeller》
二〇二一年六月修訂

念

把舊居清空，把鑰匙交還給業主後，她就永遠離開這個她出生、成長、生活了整整三十年的空間。她回到僅僅租住了三個月的新居，坐在新購買的、沒有塵埃的沙發上，訂購了下個月到日本泡溫泉、再下個月到韓國賞紅葉的機票。

是有多久不曾外遊呢……幾年吧？自從父母的健康急劇轉差，她一下班便立即趕回家裏，所有時間都用來照顧父母，莫説旅行，也很久不曾與朋友吃飯了。

本來，她租一間新居是為了年邁的母親。新居與舊居只相隔一條馬路，新居有電梯上落，而舊居是幾十年樓齡的唐樓，樓梯很斜，每一梯級都很高，且地面凹凸不平，梯間的電燈經常壞掉而無人修理。她的母親頭髮全白，步伐不穩，她怕母親每天上落買菜、買日用品，一不小心，摔倒了，就走了。

她不可以失去母親。便租新居，事前曾與母親商量，母親一聽便問：「你有錢嗎？」母親是買一斤菜都要走遍街市格價的人，退休後以積蓄度日，拒絕拿她一分錢。母親大力反對。她便自行租屋、裝修、購下 屋傢俱，再帶母親來到新居，誠邀母親以後和她兩個人住，遺棄父親。母親立即走出門口，在門外要她退租。

為此，她向母親大發脾氣，也是最後一次。步伐不穩原來是先兆。母親猝死。醫生說，是腦血管瘤爆裂。

她從公司飛奔至醫院，眼前是母親已無呼吸心跳的軀殼，她握着母親還暖的手，床前只有她一個人。那夜，回到舊居，她從雪櫃拿出母親煮的飯菜，翻熱，靜默地吃完。幸好父親因病入院，她才可以安靜地哀傷。也幸好父親接下來一星期都在醫院裏過，她可以專心處理母親的後事，而不用費神應付那個吵鬧又老是哭哭啼啼的父親。

父母都退休多年。父親患腎病後，家裏多了一部洗腎機，父親天天躺在床上指天罵地十二小時，他的人生似乎只剩下哭鬧和埋怨。全靠母親照顧他。母親走路一擺一擺的，父親卻要母親到街市買新鮮的魚和蔬果，每日煮飯給他吃。父親說：「我就死了，我要吃得健康。」

「阿媽死了。」她告訴父親。

「我以後就淒涼了。」父親立即大哭。

「要見阿媽最後一面？」

「不見了，見也沒用。」

她一個人，在靈堂守夜。她一邊看着母親安靜的臉，一邊想起這個月來，母女為搬屋一事冷戰。母親每天來電，她都不接電話。母親天天留言：「今晚回家吃飯？」母親把涼了的飯菜放進雪櫃，她回家肚餓可以吃。

醫生催促她帶父親出院。她推着輪椅，把父親推到老人院，擱在一張鐵床上。那是一間四人房，父親以後只可以保留一個床頭櫃的物件。「我要回家！」「誰照顧你？」

父親一天打三四次電話給她。「今天來嗎？」「不。」「明天來嗎？」「別煩我。」她把電話調校至靜音。

那時在新居，她興高采烈地提議要把父親扔進老人院，她和母親就可以在新居一人一間房。母親要她把新居退租。但母親走了，她把舊居退租。退租前，她回到舊居，看着一屋都是父親的雜物和母親的遺物，想收拾也無從入手，便聘人前來把所有物品扔掉。三十年的居住痕跡，轉瞬了無痕跡。

中秋節，她主動加班。深夜歸家，街上流連着許多提着兔子燈籠的小孩，以及跟在他們身後的父母。

她回家、梳洗，疲累地躺在原本買給母親的睡床，忽然想起她是小女孩時，總是要睡在父親旁邊，聽着他編的故事入睡。父親編的故事很精彩。可惜，父親就是太會說故事了。

「中秋節，你也不來陪我？」

「不，加班。」

她躺在床上，望着窗外的滿月，想着母親也跟她一樣，第一次，一個人過中秋。

自由了，母親。

二〇一八年九月刊於《StoryTeller》
二〇二一年六月修訂

同班同學

穿戴整齊地出門上班，在候車人龍裏不斷前進，每日如是。你無表情地望向前方，人龍站着兩個中學生，他們手捧一大疊課本，不斷打呵欠，卻交談得快樂。你看見他們的眼裏有光，日子有光。

你如常走進高速移動的籠子，踏入密封無窗的高樓，以一個燦爛笑容作為一天工作的開始，接下來是用活潑形象討好每一個人，直至下班，天全黑，你乘車回到一人租住的地方。靜夜裏，瑣碎的情感洶湧着，你習慣以日記安放它們。

一室只亮起一盞檯燈，你寫着一頁日記。中學時……

「她是男孩！」「他是女孩！」你們同班同桌，經常鬥嘴。

「真羨慕你們感情好。」老師以婉轉方式阻止你們上課交談。

「很普通的交情。」你們不明白老師的用意，敷衍一句，繼續聊天。你們被罰留堂抄校規，老師一低頭改簿，你們立即以鉛筆字在桌上交談，寫一句擦一句，寫到江郎才盡，便交換着「微笑」、「憤怒」、「大笑」的表情符號。他畫下一個「親吻」的表情，你不禁笑了出聲，換來兩人在教員室門外罰站。此時，你們只能用眼神和表情交談了。天全黑，你們還在笑。

你的家裏一直烏雲密佈、雷電交加，所以你從早到晚不發一言，一起床便出門上學，他也早起回校，問你借功課抄，你買早餐回來一起吃。學校沒有沉悶的課堂，因為有他聊天；也沒有很有趣的課堂，最有趣是與他聊天。

那年，你是女班長，是同學眼中的「大姐姐」。其實全班同學都同齡，你卻因為開朗、健談、成熟、很會照顧人，同學是不分男女都來投靠你，因為你的耳朵可以容納許多心事，你的肩膀可以負起許多重擔……同學都這樣想。

你愛笑，他卻愛哭。他是班裏最柔弱的同學，一開始，所有男同學都抗拒他，你卻在眾人圍着你說話時，一見他回課室，立即走向他。

他最初沉默寡言，後來説話，後來説了很多很多話。中四開學，你遇見他，他獨自坐在課室角落，下雨似的神情，令你很想很想安慰他，保護他。你一直想要大人的安慰和保護，可是大人都是又忙碌又冷漠的，他們可以給你金錢和擁抱，但永遠不會停下來，聽你哭。

像你後來的一個又一個情人，他們給你許多擁抱和親吻，但你很痛苦的時候，你只有你一個人。人間孤單，誰人有責任必須照顧你？雖然，你只是很想很想找一個人説話。你卻明白人情和界限，如果你想要陪伴，你就不可以用扭曲的神情和説話，嚇跑對方。

惟有他會陪你哭。中學某日，你挨着後山的欄杆，忽然説起小學的一件傷心事……「那時你有沒有哭？」「我不敢哭。」聽罷，他哭了起來，你一時感觸，跟着他哭。

你第一次在人前哭。

「為甚麼你常常笑？」他問。

「這樣比較不會惹人討厭。」你答。

「虛偽！」他義正詞嚴，你們笑作一團。

「為甚麼你常常哭？」你問。

「因為我喜歡哭啊。」他答。他很滿意自己。

中學已是久遠的事。你寫滿了一頁紙，停下來，回想着當初是如何與他疏遠……你忽然想起了，那時他有一個鄰班的女朋友，女朋友家教極嚴，父母管接管送，一回家便立即沒收手提電話。他和女朋友只有小息與午飯時間見面。他非常期待小息的鈴聲，每天都在你的耳邊小聲倒數……響鈴了！他歡快地跑出課室。那刻，你感到很孤單。下一刻，其他同學拉着你到小食部買零食。

總之，你們中學畢業後便少有聯絡。升上大學，各有各忙。你是學系裏最受歡迎的同學，可是，你找不到人聆聽你的脆弱，後來放棄尋找。你在社交網站開了個人帳戶，加了他做第一個「朋友」。那時，他已很少覆你短訊，倒是常常在網站更新個人近況。你在網上看着他變得陽光和活力充沛，有很多朋友與他互動，最初，你不時留言，後來變成沉默的讀者。

後來，他結婚了，新娘卻不是那個中學同學。不知道他們是如何在年月裏失散。再後來，他不更新個人近況，你不知道他的事了。

這幾年，你刻意與人保持客氣距離，不戀愛，不社交。僅僅是在辦公室裏表演能幹與開朗，你已頗感疲累。下班後，一個人。

偶然，你夢見自己是中學生。

那年，你以為是你令他開心笑，原來是他令你放心哭。

年月如風。

他寫進你的日記裏。

二〇二一年五月刊於《明報》世紀版

人流

小學升中學，他們第一次分離；中學升大學，他們第二次分離。

他們三年沒有聯絡。大學畢業一年，一晚，她在地鐵車廂與先下車的朋友告別，抬頭，看見了他。他也看見了她，隔着十幾個乘客。車廂滿人，他和朋友閒談着，視線卻斷斷續續地落在她身上，好像在織一個隱形的網，如果她忽然離開，他的視線就會網住她，把她拉回他身邊。

她本來要下車了，可是沒有下車。他也一樣。他的朋友下車了。她和他一直坐到終點站，待滿車的人潮流走後，她走向他，問：「吃宵夜嗎？」

他點頭。他和她都要明天清晨上班。

宵夜是在便利店買的薯片和汽水。他們漫步至海旁的草地，坐下來，有點陌生地交代着彼此的近況，他和她的生活，都已距離中學時代很遠。他和她都想起了中學時，下課後，一起到自修室溫習，明明從早到晚相伴了一整天，自修室關門後，卻不捨回家，便到小販檔買車仔麵到海邊吃……

「我幾年前搬家了，原本要轉線過海。」他說。

「我也搬走了。」她說。

他們靜默下來。

「對了，」她鼓起勇氣問，「為何不再找我？」

「那時你搬家，電話打不通——」「我不是問小學那次，是問這次。」

「我不找你，你就不找我？」他問。靜默。他低聲說：「我生氣。」

「小氣鬼。」她看着他，看見他傷心的神情。他說：「有段時間，你天天在網上寫你不開心，卻不找我說；你畢業了，沒有叫我來拍照，反而我看見你和師兄、師姐的合照……」「他們是主動來的……」「你連第一個畫展也不叫我去看！」「我只是展出一幅畫，是大畫家的陪襯品……」「我覺得既然我可有可無，你不需要我，就不再找你。」

靜默。半晌，她問：「如果我們今晚不是偶遇，你打算這輩子都不找我？」

「是啊。」他望向夜色的海。

＊＊＊

那年，他和她都考不上大學，轉校重讀，一開學，在課室裏發現對方。小學畢業便失去聯絡，忽然又再同班，她千方百計遊說老師，終於坐在他旁邊。他總是獨來獨往，一天到晚都在溫習，「我是要考大學，不是要識朋友。」「那我做你惟一的朋友。」她拉着他的手臂，快樂地笑着。

小學時，她是他惟一的朋友。小時候，他不說話，所以沒有人和他說話。老師編排她坐在他的旁邊，她喜歡和他說話，即使他只是點頭和微笑，她也快樂地說着，把一個彩色的世界帶給他。他是為了與她聊天，才鼓起勇氣說話，練習表達自己的想法。

小學放學後，他們一起逛公園、逛商場；中學放學後，他們一起吃飯、到自修室溫習，再到海邊吃宵夜。「可能是失而復得，總是不想離開你。」她說話直接。他甚麼都沒有說。閒談至夜半，他先送她回家，再步行回家。原來，她升中學搬家後，還是與他住得很近，只是湊巧沒有遇見對方。

他也沒有跟她說，那時打不通她的電話，一直找不到她，以為兩人從此分離，他有多難過。

重逢後的第一個她的生日，他親手做了一個木鎖匙扣給她，還寫了一張心意卡：「以後年年送禮物給你。」

她拿起鎖匙扣，問：「手工這麼差，哪裏買的？」

他支吾回答：「信和。」

＊　＊　＊

她想不起他們升上大學後，是如何疏遠的，他的版本是：「我每次找你，你都說沒空。我想知道我不找你，你會不會找我……你竟然真是不找我。」

他們在海邊閒談至天亮，要回家了，她說：「你以後不可以再放棄我。」

「你以後要主動找我。」

「一定。」

* * *

她又很久很久不找他。他問：「你生日了，吃飯嗎？」「很忙，後補吧。」

他問：「那個鎖匙扣還在嗎？」「那麼醜，一早扔了。」

他問：「我找到一個對象，想你也見見她，給點意見。」「你喜歡便可，不用問我。」

他問：「她想和我結婚，你說好嗎？」「當然好，恭喜你！」

她沒有到他的婚禮。後來，她說，是因為臨時有工作。

他們不再聯絡。

＊＊＊

小學畢業前夕。

她哭了一個星期，「我不要離開你。」

「不會的，」他說，「一定不會分開。」

＊＊＊

當她獲得新晉藝術家獎時，他的女兒讀小學。

一段時間，他追看她的所有訪問，很留意她述說自己的小學和中學時——隻字不提他。

畢業後重逢，他和她吃飯。他問她有沒有一個人生時間表，例如他想廿八歲結婚，三十歲有自己的子女，四十歲前置業，她興奮地述說自己的藝術夢，他感到他們是在兩個世界，他理解不到她的說話。可是，他說：「你每個藝術展，我都會到場支持。」

他一直兑現承諾，只是她後來不知道了。

有段時間，他反覆思索，他們在人流裏失散，是因為他理解不到她的說話？關心、愛護、眷戀都不足夠拉近人與人的距離嗎？

女兒出生後，他也會想，關心與愛護再加血緣關係，足夠令兩個人在人流裏不失散嗎？

他每次都是獨自參觀她的畫展。這是她獲獎後的首個展覽，他在展場停留了許久，離開時，在出口處的留言冊，他不署名地寫下：「謝謝遇見你。」

二〇二一年三月刊於《StoryTeller》
二〇二一年六月修訂

校園欺凌

那年中三。課室壁報張貼的全班合照，班主任的臉上多了一道原子筆痕。

那道疤痕，很深。

班主任用了整整一堂的班主任課，痛斥班內那個行兇學生是殘酷而冷血的，這次是劃花照片，下次就是用刀劃花她的臉。「這是非常嚴重的罪行，如果你還有良心，現在就站起來，當着全班面前自首吧！」

沒有人站起來。

班主任滿臉通紅，眼睛睜得很大。

班主任教中文。每一天都有中文課，她就每一天都講，中文教的是品德，一個人的中文成績再好，寫文寫得再有感情，有甚麼用？「你的心是冷血的。」

他的中文成績最好。他很喜歡寫文章。他沉默，不社交。班主任説，誰是兇手，她心裏有數。她認定了他是兇手。他竟然厚臉皮得——她已經天天都在狠狠罵他了，他仍舊一臉安然，如常生活。

「自首吧！我叫你自首啊同學！」她生氣得向着麥克風大喊。

這樣不行。她惟有在每天放學後，相約班上不同的小圈子，哭訴自己終日擔驚受怕。「你們一定要保護老師，一起排斥他。」

「你知道是他做，為何不直接罰他？」「我要給他機會認錯。」

同學點點頭。她從來是校內很受歡迎的老師，不無原因。

放學後，與小圈子訴苦前，還要約他到教員室門口，一個最大風的位置。「你在這裏站一會，我回來前，不能走開半步。」那是二月，天寒。他從四時站到七時，看着學校的燈一盞盞熄滅。天全黑，學校全黑。她挽着手袋，施施然從教員室走出來。

「很冷嗎？你的心更冷。」她問。

「你有話跟我說嗎？」她再問。

「你聰明！你就一直沉默！」她怒目斥責。

她離開。換訓導主任出來。

「她告訴我了。你簽紙認罪，記一個大過。你不認罪，可能會踢出校。」

班主任約見班上每個同學，要他們選擇，幫她或幫他。

他每天回到課室，都見同學議論紛紛。他很不安。如常孤獨。他不知道發生甚麼事——猜到與自己有關，但不敢問，也不敢打聽。

「太小題大做吧？」

「我跟他無交情，但也無仇啊。」

班主任再三強調，學校是教人明辨是非的地方，同學一定要站在善的一方，懲罰惡人。

如常，中文堂，班主任一入課室，就叫他罰站。他站起來，幾個同學也立即站起來，怒目着她。她一怯，叫他們全部坐下。如常，她叫他放學後到教員室門外罰站，幾個同學也跟來了，不斷在門外高喊她的名字，要她出來對質，她沒有出來。同學叫他走，「我們在這裏等她。」

以後，她沒再罰他，沒再提起兇手與自首，壁報板上的合照也消失了。

彷彿，一切不曾發生。

一天放學，他在校門外暈倒，第一個經過他的，是班主任。幾個同學截停了她，「幫幫他啊！」「我趕着吃飯，飯後回校開會，我的時間很寶貴。」說罷，她挽着好姊妹老師的手，有說有笑地走了。

同學召救護車，送他到醫院。他的母親來了，同學求他母親向學校投訴。

「你們的心胸可否寬一點？我一來，他一醒，你們就要投訴老師！」

他病好，升高中，畢業了，因公開試成績最好，校方邀請他站在中學的早會講台上，感謝老師悉心栽培。

他出來工作很久了。她一直在學校任教。

彷彿，一切不曾發生。

二〇一九年三月刊於《StoryTeller》

那年中二，你剛轉校，人生路不熟，只有王老師會主動關心你。

你很習慣轉校，小學也轉了三次校，這次從鴨脷洲轉到觀塘讀書，是因為照顧了你兩年的阿嫲不要你了，你要搬到勉強收留你的大伯家裏。

大伯說：「如果你在學校表現出色，令我很有面，我給你住也會開心一點。」

轉校頭幾日，王老師留意到你的黑皮鞋很殘舊，放學帶你去買鞋。自此，他常常和你打招呼，你不好意思躲避，每次說幾句話的客氣交談，令他漸漸知道了你的故事。你之前那間學校的班主任，在你的成績表上寫：「此人不時偷竊，情緒不穩，曾向同學揮拳，請務必警惕。」這句話令新學校的老師很提防你，只有王老師耐心聆聽你說，「班主任跟同學說我是野種，是因為天生心腸壞才會被父母遺棄，又不見其他乖同學會被父母遺棄？人人都有父母愛錫而我沒有，就證明了我是一個很壞的人。」王老師聽罷，沉默許久，說：「我知道你是好孩子，你值得被愛。」

你喜歡王老師說你是好孩子，所以你很努力做一個好學生，認真上課，交齊功課，也從不缺席。你從來沒有好好學習過，即使非常努力，其實也聽不懂老師說甚麼，也看不懂教科書的內容，所以成績很差。大伯給堂兄和堂姐找來中、英、數的私人補習老師，大伯會叫你加油，並說：「讀書是自己的事，人人都是這樣讀，讀得差就證明你廢，不要賴人。」

王老師說：「你留在學校做功課，我一有時間，可以來教你。」這樣，每天都有半小時左右，王老師會教你數學題，給你朗讀英文生字，你們一邊閒談。一個月後，王老師已經完全知道你的身世，並不斷讚你堅強。一天，他說，你已來到坦然面對過去的年紀，惟有公開傷痕，才能戰勝傷痕。

於是，你每日放學留在學校，先做完功課，再和王老師一起練習說故事。王老師說，你的真實故事太殘暴了，一定要修飾得溫和而勵志，故事才有公開演講的價值。比如當你述說到父親從廚房拿菜刀出廳追斬你——「太血腥了，拿洗碗布出來打你，如何？」你看着王老師漂亮溫暖的笑容，點頭同意。

早會講台是優秀學生的表演場地。這天，你跟隨主持人王老師走上講台，雙手顫抖地拿着麥克風，面向全校師生，公開你那王老師同意了的個人身世。你深呼吸，強裝鎮定，開始說故事：你從未見過生母，生父長期吸毒，沒有精神照顧你，任你自生自滅，你三四歲肚餓了，也是自行到樓下便利店買杯麵。

有日，父親賭馬輸了，不忿你總是愁眉苦臉，認定是你連累他輸，便走進廚房拿菜刀——拿洗碗布出來追打你。那年，你八歲，嚇得逃出家門，跑到你惟一認得路的姑姐家裏。姑姐不情不願地收留了你半年，便把你推給姑媽，後來推給姑媽的同事，再後來是阿嫲，最近是大伯。大伯有一子一女，分別比你大一年，他們很討厭你這個突然要來攤分父愛的人，常常借故向你發火，你只好放學留在學校，學校關門便在街上流連，直至睡覺時間才回家。你很怕有任何爭執，又要搬家。

你在台上深深呼了一口氣，繼續說：即使如此，你沒有學壞，還非常努力讀書，將來一定要讀大學，然後找一份穩定工作，有了經濟能力，就可以與父親一起住，和他修補關係……你最後說出王老師教你的結語：「天下無不是之父母，孝順是為人子女應有的美德。」你說完了，台下十分安靜，王老師說：「掌聲！」台下便傳來非常熱烈的掌聲。

你在台上看着王老師，想起他帶你買鞋時，你第一次感受到你很想從父親或大伯身上獲得的父愛。你真是很想有一個可以依靠和照顧你的大人，所以你聽王老師的話，鼓起十足勇氣回到父親家裏——趁他離家，替他打掃，把他的髒衣服放進洗衣機裏。你看着洗衣槽的衣物轉啊轉，想起那日步下講台，開始聽見同學小聲議論：

「她偷過錢，手腳不乾淨，不可信。」

「她阿爸吸毒，她一定有吸毒。」

你偶然與同學爭執，老師只會懲罰你，「沒有大人愛你，難怪你不懂愛人，只會欺負同學。」

你跟自己說，不要緊的，你還有王老師。你把清洗乾淨的衣物晾在陽台，看着它們一點污跡都不剩的在風中飄蕩，心情舒暢。

這年，王老師獲頒一個好老師獎，翌年升職，此後火速升職，他沒有時間找你。「抱歉，實在太忙……」你微笑，把親手織的頸巾送給他做聖誕禮物。你一直很想有一個像父親一樣的人，而你可以像女兒一樣愛他。

你十分努力，成績始終不好，日夜苦讀也無法換來一張大學入場券。公開試放榜日，你拿着成績表流淚，早已疏遠的王老師特地前來跟你說：「我對你很失望。」那日回到伯父家，他說：「你已來到獨力面對困難的年紀，你要自立了。」

以後，你不再讓人知道你的事。同事不知道，好朋友不知道，你也從不讓情人送你回家，他們不知道你與人合租唐樓，你分得一間房，因為要交租而非常節儉。與你交流不多的同屋室友自然也不知道你的故事。由於你性情溫馴，又不和同事晚飯，他們總說父母教得你好，猜想你一放工便回家吃飯。你微笑。你知道偽裝會令彼此都活得舒服一點。

下班後，你回到房間吃杯麵做晚餐。一邊吃一邊瀏覽社交網站，看見放榜後不再聯絡的王老師更新近況，他上載了一張三代同堂的合照，寫着：「父母愛我，我愛子女，我們十分幸福。」

二〇一九年十一月刊於《StoryTeller》
二〇二一年六月修訂

逝者

獨自離家那日，阿善沒有想過，數年後，她會露宿。搬走那年，兩個兒子早已成家立室，逢年過節不也回父母家一趟。兩個兒子不想老是聽見父親大聲喝罵阿善：「無我，你就乞食」，也不想面對那個任由父向母施暴的自己。

阿善十八歲結婚，婚前在工廠打了幾年工，婚後是家庭主婦，生活曾經幸福，也曾長年逆來順受。她相信丈夫是愛她的，只是不懂控制情緒，所以每次她下決心逃走了，丈夫便會回頭道歉。直至那次新年，親戚都在家裏，丈夫當着眾人面前把家用扔在地上，像灑溪錢，阿善蹲下來執錢，丈夫説：「你做人真是沒有尊嚴。」那刻，阿善終於明白丈夫曾經給予的愛護和尊重，都消逝了。

那年，阿善五十四歲，趁着每日都要外出買餸，秘密租了一間劏房。一日，她如常在丈夫失控的罵聲裏煮早餐、洗衫、晾衫，然後外出買餸……她沒有再回家。前半生的姻緣，從此斷絕。

積蓄耗用得很快，阿善得找一份工作。年紀大了，加上幾十年沒有上班，平日也很少與朋友來往，她連求職和求助也不懂，在街上走着，看見店舖外面貼了招聘啟示，便進店問人請不請人，別人見她頭髮初白，神情畏縮，說話結巴，和她說幾句話便打發她走。她花了一段時間，找到一份茶餐廳工作，包兩餐伙食。她煮飯幾十年，原來不用煮飯很好。她以後只在食店工作。

如果不是摔倒了，她的快樂至少可以延續數年。離家幾年後，一夜歸家，阿善在漆黑的樓梯摔了一跤，跌斷了腳骨，卧床休息大半年，只康復了一半。阿善失去了工作，很快失去瓦遮頭。

這幾年，她一直隱藏號碼致電給兒子，聽他們「喂」幾聲，或是罵她玩電話，她便感到溫暖。無家的頭一個月，她在麥當勞睡覺，隔星期被偷去手提電話。她又再買了新電話，試了數百遍，都沒有撞中兩個兒子的電話號碼。他們搬走後，不肯向父母透露住址。

阿善無家可歸，無事可做，在街上走了很長的路，晚上走到海傍，看見這裏有很多人露宿，她便選了一張乾淨的長椅睡覺。海風很冷。第二日，她找了一些紙皮和報紙擋風。她發現，不時有社工在深宵前來，與露宿者傾談。她一見社工，立即躲進公廁裏，祈求社工儘快離開，也埋怨這些多事的社工阻礙她睡覺。她不是廢人，不想靠人，她可以到餐廳問人請不請散工，即日出糧，不用填報地址。

有時有工開，有時沒有。阿善連續三晚沒有吃晚飯，很餓。又看見社工出動，阿善坐在長椅，靜待社工與她傾談。社工把她帶到一間便利店，她在貨架拿起最便宜、份量最少的一盒飯。社工說：「你不是靠我食飯，機構出錢的，我也是靠機構吃飯。」說服了她拿最大盒的飯。

社工替她申請了綜援和租金補助，再替她找到一間租金合宜的板間房，房間夠擺一張單人鐵床和一張摺櫈。這裏共有十一戶人，共用着兩個洗手間和擺在狹窄走廊的四個電飯煲。社工走後，阿善未及關上房間，鄰房的大叔在她的門前看了一會，轉頭，拿了一支鐵通過來，「我替你安裝，你以後有位晾衫。」

阿善千多謝萬多謝。阿叔說：「我們這裏的人來來去去，最多是獨居老人，都是你幫我，我幫你，有得幫就幫。有事出聲。」

一個月後，社工下班後拿了一個二手的電熱水壺給她。「住得慣嗎？」「這裏的人對我很好。」社工第一次看見阿善笑。

阿善在走廊煮飯，有時想起丈夫。十八那年，她深信他們可以幸福到老。廿八那年，他已常常罵她：「你成世靠人，正一廢人。」阿善在摺櫈吃飯，有時想起兒子，他們小時候一天到晚黏着她，說長大後要買大屋給她住，阿善抱着兒子，想着將來。

最掛念的人，都已今生今世無緣份。

不要緊了。「住下來，算是新開始吧。」

那年，阿善六十四歲。

二〇二〇年三月刊於《StoryTeller》
二〇二一年六月修訂

偏心

他清楚知道，他說的每句話，做的每件事，從來令人滿意。這是他反覆練習的成果。所以，他總是被人群圍着：失意的人找他訴苦，然後獲得溫暖的安慰；猶豫的人找他商量，然後聽見想聽的鼓勵。

他的弟弟跟他不一樣。弟弟是從小到大都「非常嘈吵」和「極度頑皮」，這是別人對弟弟的評價，而弟弟處之泰然。父母只是為了照顧弟弟而聘用外傭和補習老師，他這個哥哥從來都自律於學習、作息與運動，不但不需要別人協助，還有餘力與外傭一起摺衣服、晾衣服。

哥哥負責招待所有過門入屋的客人，六歲開始，他就懂得搶先外傭一步，替客人開門、斟茶，並在客人喝茶時，解說茶葉的產地、功效和趣聞，以顯示父母對客人的重視。每個客人都稱讚他的乖巧、博學，「父母真是教導有方」。而補習老師因為被弟弟弄哭了可以找他主持公道，外傭也因為離鄉別井的愁緒可以向他訴說，而成為家裏忠誠的員工，他們說：「希望我的兒子跟你一樣好。」

弟弟不在乎所有人都只讚哥哥，反正他是每天要靠哥哥叫他起床，逢星期日靠哥哥煮早餐給他吃，臨出門上學發現忘記做功課，弟弟立即撒嬌：「我的好哥哥，你就再幫我一次嘛。」

反而是哥哥很留意，父母從小到大都會把最好的食物夾到弟弟的飯碗，也總是按照弟弟的喜好來安排外出用膳和家庭旅行。父母從不掩飾對弟弟的偏愛，一天到晚逢人便說：「細仔活潑可愛，有他在，多開心。」

他這個哥哥只能強逼自己接受父母的偏心，因為他要做一個友愛、孝順、大方的人。

在學校，他深得老師的信任，因為所有課室雜務都可由他代勞，也因此，老師是必須選他做班長的，同學不是很服從老師，卻完全聽命於他，因為他經常幫助每一個同學，於是，由他代收的功課和回條必然準時收齊。

可以說，他深受老師和同學的愛戴，不過，所有同學的最好朋友都不是他，所有老師最寵愛的學生也不是他。他看見那些形影不離的好兄弟、孖公仔，非常羨慕。人對人的愛，如何可以那麼深？人與人之間，如何可以很親密？弟弟放學、放假都是和同一個好朋友去玩，弟弟只有在腦袋放假時，才會黏着他來求解難、求照顧。

畢業了，工作了，他仍是老闆和同事眼中的最好員工——但不是最好的朋友。「你真本事！」「你真善良！」「你真有義氣！」他仍舊每日都被讚美包圍，因此不得不晚晚加班。工作後，還要趕赴朋友的聚會，或是趕回家與父母晚飯，因為必須重視友情，因為弟弟半年不回家吃一頓飯，而父母是需要兒子陪伴的，不然會寂寞。

忙足一天，回家吃飯，父母不斷訴說對弟弟的思念，吃完飯，他立即搶着收拾、洗碗，再回房間繼續工作。

翌日，他如常最早回到辦公室，他心儀的同事第二早到，笑盈盈地遞給他一張婚禮請柬。他心裏一沉，神情卻一直和煦，「衷心祝福，一定會來。」

那日是如常地，他遇見的所有人都喜歡他，卻又如常地，他沒有遇見一個人，最喜歡他。

二〇一八年十一月刊於《StoryTeller》
二〇二一年六月修訂

旅遊

獨自到北城出差時，她非常抑鬱。回港後，她要結婚了，未婚夫是父母和朋友都很滿意的人，也對她很好。她對他的感情很平淡。不過，她對任何人也很平淡。

三十那年，父母催促她結婚：「再過兩年生兒育女，差不多了。」她便答應了求婚。廿七那年，朋友慫恿她戀愛：「再過兩年談婚論嫁，差不多了。」她便和他戀愛。

她習慣成為別人期待的樣子。這是她應對世界的方法，相比尋找自己的熱情和目標容易一些，也相比應付別人的質疑和責難省力一點。

明日便要回港。這天早上，她在商業大廈開會時，忽然捂着下腹衝進洗手間，過了很久，她痛得半彎腰地出來。大家見她臉色蒼白，勸她回酒店休息。於是，她離開商廈，飛快到了火車站，買車票，坐三小時火車到稻田。她在旅遊書看過許多稻田的圖文介紹，一直想去看看。幾年來，稻田都不是未婚夫選擇的旅行地點。

旅遊書上的稻田是一望無際的稻浪，現在卻不是時節，所有稻米都收割了，農田只剩下積水，倒映着無邊際的藍天。不要緊，她只是想來走走。她在穿越整片農田的步道走着，來到田中央，忽然萬里無雲，烈日當空，她曬得頭暈，一臉通紅，在步道盡處被租單車店老闆拉着要她休息。

老闆是個中年男人，帶她到屋簷下，給她一張椅、一杯冰水、一塊巧克力，便回到店門，忙於租借各種單車和電瓶車給遊客觀光。她看着他忙碌的身影，想着他大概是有兒有女吧，不知家庭生活開心嗎。

半小時後，休息夠了，她見他仍在忙碌，便安靜離開，在附近一間小食店買了飯糰，坐在望向農田的落地玻璃窗前。不是旅遊季，稻田仍有許多遊客。忽然沙沙聲地下起大雨，大風把遊客一個不留地吹散了，她眼前的景色是沒有人跡的稻田，真好看。

她沒有雨傘，在小食店待至雨停，原本打算沿步道回到火車站。「怎麼你還在這裏？」一出門卻立即遇見那個中年男人，不滿意她一個景點都沒去過就要走，「反正沒有遊客，來！我帶你觀光。」她坐上了他的電瓶車。

這是他的日常工作——沿途介紹景點，還帶她到整片農田僅餘沒有被收割的稻穗前，要她站在稻穗裏拍照，一如所有遊客喜歡做的事。可是，她笑容牽強，一直是在滿足他的好客和熱情。他奇怪地問：「你不喜歡嗎？遊客大老遠都是來看這些。」

她點頭，她很少說真話，「景點都很沒趣。」「對啊，但我靠它們吃飯。」他說。

他帶她來到田中央的城樓，三層樓高，可以望見稻田盡處那一排排彩色別墅，好像童話故事書的插圖。他問：「你想要一幢那些別墅嗎？」

她搖頭。他大笑：「怎會不喜歡？人人都喜歡！我是為了買一幢別墅而來稻田的。」

他說：「你真特別。」

她一直是別人眼中最合乎標準，也就是最平凡普通的人。

他問她去過哪些地方，她說了十個國家後，也問他。「我去過最遠的地方是這裏，連北城的商廈也未去過，聽說那裏生活很貴。」

他住在真正的窮鄉僻壤，在鄉村學校讀完小學，還是耕田，他的鄉下不會有人想去，當稻田被政府大力打造成旅遊點，他和許多人一樣跑來這裏尋找機會。他借錢開一間租單車店，生意很好，年中無休。他一兩年回家一次，最初因為工作忙，後來發現家裏沒有他的位置。

「我從未告訴別人這些事。」他說。

她也說了自己的事。

此刻，他們站在城樓，清風徐來，非常舒服。他牽着她的手，她親吻了他。

他們不知道彼此的名字，他只知道她住在香港。他問她香港生活貴嗎。她點頭，比商廈貴很多。

香港遠嗎，他問。她搖頭，不遠，坐幾小時火車，再乘幾小時飛機便到。

「遠啊……我未坐過飛機。」他説。

她也只知道他的租單車舖。黃昏，他送她到火車站，她翌日乘飛機回港，再也沒到過稻田。

二〇二一年五月刊於《明報》世紀版

旅舍

那年，你事事失意，帶着巨大的抑鬱，來到遠離城市的一幢旅舍。你視自己為逃避痛苦的失敗者，視旅舍為療養院，你只會給自己一個月時間處理傷痛，時限一到，你就必須振作、堅強，重回城市，過着奮發向上的日子。

你有你想在城市獲取之物。

旅舍全幢白色，被翠綠的植物包圍。這是盛夏，綿密的樹冠阻隔了燙熱的陽光，而樹葉縫隙透落的日光卻又剛好照亮了所有林中小路，像是日間的星光。林間的小徑都用木板鋪成，從旅舍出發，往左走一段曲折幽徑，會到達一間花店似的雜貨店，店外爬滿了牽牛花，店內售賣食物和日用品；往右走一段下坡路，會來到一個小沙灘，沙灘面向一座大橋，橋上那川流不息的高速車流，是你必須回去的世界。

第一日，你辦理入住手續，領了門匙，來到一間整潔的小房間，裏面有一張床、一個木櫃、一張書桌。你放下行李，在旅舍外漫步。先到雜貨店購入今天所需的食物，然後四圍閒逛，最後來到沙灘靜坐、苦思，直至日暮蒼涼，你便回到旅舍，獨自煮飯、吃飯、洗碗、洗衫，然後拼命入睡。這是你頭一星期的重複而單調的日子。

一星期過去，你在進出之間的偶爾碰面，數算出旅舍共有十二人，除了你和旅舍職員黃伯，這裏住了十個自我放逐的城市失敗者，他們和你一樣，隻字不提內心的傷口，也不想社交，只想在遠離塵世的安靜之地，獨力與創傷奮戰。

你們的臉上只有哀傷。碰面時，不說話，不抬頭，避無可避地對視了，也只是點一點頭。直至非常確定彼此想要說話，才停步一兩分鐘，清淡地交談。

兩星期後，你們習慣了共同生活，閒談漸多。第三星期，你們每晚一起煮飯和吃飯。最初，你們協議每日聚會兩小時，其餘時間必須安靜，以免阻礙大家的沉思。但你們一坐下來便談了四五小時，說了很多無聊的笑話，真誠的人生觀和價值觀。你們永遠不會問及對方的傷口，以及傷勢復元的進度。你們的臉上流淌着日漸充沛的陽光。

離開前，離開時，離別不久，你都不知道，有一日，你會非常非常想念他們，非常非常想與他們一起生活。

第四星期，你們從早到晚都在歡聚。你習慣一起床便聽見門外的交談聲、煮食聲、打掃聲。你在笑語裏吃完早餐，與大家一起散步、購物、遊玩。你們忘記了孤單，也偶然忘記了那個你們很想儘快回去的、爭名奪利的世界。

但你，你們，沒有人想延期居留。你最大的心願是在期限裏復元，你對個人的療傷進度深感滿意。你留在旅舍的最後一個黃昏，與他們出海划船。夕陽西下，天空飽溢色彩。

你與黃伯閒談。黃伯說：「人人都是傷心地來，開心地走，有些人後來又很傷心地回來，很想見見當日的同伴，但大家各散東西了。人生幾何開心，也不多留幾日？」

你答：「我要回到城市，才會真正開心。」

「快找他們划艇。」黃伯說。

最後一日，你辦好退房手續，拿着行李下山。

二〇二〇年十二月刊於《StoryTeller》

二〇二一年六月修訂

橫禍

離婚那年，阿嫦非常想要一件永遠屬於自己之物，不久，她把銀行所有積蓄，轉換成一間狹小居所的首期，供樓廿五年，她就永遠擁有一間屋。她因此更長時間工作，沒有多少時間陪伴八歲的女兒。在酒樓站立一天叫賣蝦餃、燒賣後，深夜再到茶餐廳做三小時散工。

阿嫦雖然很疲勞，可是，當她與女兒搬進新居，把一塊塊膠製木紋地板黏在地上，然後用磚頭和木板砌成一個個雜物架，再放上柴米油鹽、女兒造的黏土兔子、兩母女的幾張合照後，那刻，窗外西沉的夕陽流進屋內，鵝黃色的光線裏，阿嫦看着女兒的笑臉，彷彿擁有了「永遠」。

買樓時，阿嫦自覺年輕，從未想過供樓的重擔會一下子落在女兒身上。女兒才大學畢業，一日，阿嫦暈倒，送院驗出了重病，從此不能工作，還要每個月到醫院打七日針。阿嫦問醫生，還有幾耐命？「不知道。」阿嫦又問，要打幾耐針？「一直打下去，」醫生答，「直至無效，轉另一種針。」

供樓與生活費都由女兒負擔，女兒為了早上接送母親到醫院，找了一份下午上班、凌晨下班的編輯工作。第一日上班，凌晨歸家後，女兒臉色發青。阿嫦問了很久，女兒才聲線顫抖地說，今天本來有人與她一同入職，卻在回公司途中，車禍喪命。

「聽同事說，他是獨生子，住半山……」女兒驚慌地說，「生命真是……公平？有錢無錢，下一秒都不知有無命。」

女兒一星期工作五日，休息的兩天不見人，大半年沒有回家吃晚飯。一日，阿嫦如常煮飯，正在炆菜，女兒拿着一盒白切雞回來，「加餸！」女兒關門、脱鞋，看見阿嫦一臉疑惑，笑說：「我請了半日假，和你吃飯。」

可是，女兒一夜沉默，深夜在被窩裏啜泣。阿嫦知道女兒為何而哭。那日下午，她在電視新聞看見女兒的大學師兄中暑離世。兩日前，女兒向阿嫦說起他，說師兄剛辭職了，準備出發到南美一圓流浪夢，她十分羡慕。

阿嫦和女兒都聽見對方在床上輾轉。

「阿媽，你有沒有甚麼事很想做？」女兒問。

阿嫦想了想，說：「我在香港生活幾十年，沒去過多少地方。」

以後，女兒更少陪伴阿嫦。女兒翻出了中學的教科書，凌晨歸家梳洗後，在飯檯備課，「最近找了一些補習。」女兒說時，一臉倦容。

最近，阿嫦留意到女兒不時按着胸口位置，「再過三日就休息，到時看醫生。」女兒說罷，出門上班。阿嫦再看見女兒，是她躺在醫院病床的猝死面容。女兒僵硬冰冷的軀殼很快化作一縷煙、一壺灰。

阿嫦在家裏打掃，發現女兒枕頭下的一疊「香港一日遊」筆記和剪報。

每個月，不用打針的日子，阿嫦會按照女兒的筆記，到香港各處旅行。這天，她來到九龍公園。阿嫦想起廿年前，她和前夫、女兒常常到九龍公園看紅鶴。前夫看着她說：「辛苦了你，陪我捱、窮。」阿嫦那時很快樂，從不覺窮。

女兒離世前幾日，興奮地向阿嫦宣佈：「再工作多兩個月，我就儲夠錢，辭工和你旅行，環遊香港一百天。」

有晚，阿嫦問女兒：「由細到大都不見你説，你有甚麼想做？」

女兒答：「我忙着讀書、工作，很少陪你。」

有晚女兒凌晨歸家，阿嫦説：「辛苦了你，陪我捱窮。」

女兒搖頭，「我們不窮。」

二〇二〇年七月刊於《StoryTeller》
二〇二一年六月修訂

灰飛

阿明是在阿蓮的喪禮上，第一次知道她的丈夫。阿明坐下來，一眼又一眼望向他。他看起來是個溫文的人，臉上帶着平靜的哀傷。前來悼念阿蓮的人，一個一個與他握手，這些人，阿明一個都不認識。除了阿蓮的兒子外，阿明也不認識所有披麻帶孝的阿蓮的親屬，他與阿蓮的連繫是如此薄弱。

五年前，阿蓮打電話給阿明說分手，「你以後不要找我。」阿蓮從此消失於天地。這幾年，阿明憤怒、埋怨、自責、哀傷後，無名指仍套着他與阿蓮互換的指環。五年後，清晨，阿蓮忽然來電，軟弱地說了句：「生日快樂。」靜默。「說完了？」阿明一時怒氣湧至，「失蹤五年，就這一句？」靜默。阿明掛線。阿明想要繼續睡覺，阿蓮的一個個身影卻在他的思緒裏擁擠。

當窗外的日光把房間照得光亮，阿明拿起電話，想看看剛才阿蓮打來可有留下來電顯示，一拿起，便接到阿蓮兒子的電話：「阿媽剛才跳樓自殺，死了。你要不要見她？」

阿明跟着兒子，在冰冷的醫院看見阿蓮冰冷的軀殼。

阿明抽煙時，常常想起這一幕。

阿明與阿蓮的兒子也是五年不見，阿蓮死後至火化，兒子卻不時相約阿明，到快餐店吃個飯，説明阿蓮的後事安排，又問他靈堂佈置的意見。阿明只是點頭。兒子説：「你要來送阿媽，阿媽想你送她。」

阿明和兒了説起了阿蓮。阿明想起兩人初識時，他的女兒讀小學，他眼前這個阿蓮的兒子讀中學。阿明忙於工作，女兒與父親的相處時間不多，還要給阿蓮分薄。女兒視阿蓮為敵人，很抗拒與阿蓮和兒子四人行。阿蓮的兒子卻對阿明很好，阿明、阿蓮、兒子三個人常常在公園或快餐店吃飯。那年，阿明三十七歲，以為阿蓮是失婚婦人，不知道阿蓮不會離開她的婚姻。

廿八那年，阿明離婚。前妻說：「我仲後生，我想自由。」前妻不肯照顧女兒，女兒便跟着阿明生活。女兒兩歲大，阿明四圍求人暫託她。阿明不斷上班，經常開夜，一有兼職便做，他不知道養大一個女兒要多少錢。他很恐懼。女兒流轉在他的朋友、不相熟的同事或親戚、他曾經不想再見面的父母家裏。父母價目分明地說，女兒住一晚，收幾錢。

阿明年輕俊朗，很多女人愛他。他談了很多場戀愛，每次也是兩三個月，對方便失望離開。他沒有力氣照顧他愛的人，工餘時間，他要為女兒報讀幼稚園、小學，要買課本、校服，女兒的老師又常常約見他，要他解釋為何不簽通告，為何女兒沒有家長接送，老師有次責備阿明：「女兒像孤兒一樣，不想照顧，就不要生。」女兒五六歲大，身體很差，常常發燒。一發燒，父母就會瘋狂來電，要阿明立即接走女兒。阿明帶女兒看夜診，一奔波便是一晚。翌日精神不足，做錯事，老闆大罵，罵他甚麼都忍。他不時被解僱。

遇上了家境好、人品好的女人，阿明躲開。

遇上了阿蓮，阿蓮說：「我十七歲結婚生仔，人生不是我的。」

阿蓮的指上沒有婚戒，從未提及丈夫。

與阿明一起，阿蓮很快樂。阿明很久很久沒有感覺到——他也許可以給阿蓮幸福。

阿明對阿蓮說：「我想和你結婚。」

阿蓮便和他分手，走得決絕，像他前妻。

五年過去。阿明獨自來到阿蓮的喪禮，獨自跟隨一群人送阿蓮火化，兒子把阿明留下來吃英雄宴，阿蓮的丈夫主動走來跟他握手，說：「謝謝你，你很有心。」

女兒離家出走後，阿明不斷回想，阿蓮消失後，他不斷向女兒咆哮，有時動手。那年，女兒考大學，出門考公開試，阿明卻拉着她來罵，女兒流着淚赴考。女兒小學時，很討厭阿蓮，從來不對阿蓮笑。回家後，阿明瘋狂罵她：「你不給我好過，不給阿蓮好過，我也不給你好過。」

女兒離家時，只留下一張紙條：「我從未得到愛。」

從此，阿明獨來獨往，辛勤工作。年紀大了，他找不到長工。他從電梯大廈搬到唐四樓，很快搬到唐八樓。

他常常在窗邊煙駁煙，無名指仍套着阿蓮的指環，手背的皮膚開始起皺。

他想起許多年前，母親屈從於父親的虐打，父親打她打悶了，轉打阿明，打得摺凳的木板碎裂。阿明哭求母親帶他走，母親卻說：「他打你，你就任他打，他是你阿爸。」

離家那年，阿明廿二歲，以為從此可以掌控人生。

青春如霧散，自由如灰飛。

他有努力活過。

二〇二〇年十月刊於《StoryTeller》
二〇二一年六月修訂

童話

上班日，殷琪如常在清晨醒來，尚未睜開眼睛，已嗅到煎魚的香氣，聽見母親在廚房裏忙碌地預備早餐。這整整三十年待在父母身邊的日子，每一日，母親都會煮早餐給她和父親吃。

父親穿上西裝，坐在飯廳看報紙。殷琪剛來到飯廳，母親便剛好捧出三個人的早餐。三份早餐的食物與份量都不一樣，且每星期都不會重複早餐的款式，殷琪想，母親是經過長年累月的觀察，並把她和父親的食量與喜好牢記於心，才可以煮出她和父親都喜歡吃、且剛好吃完的早餐吧。

母親總是在父親放下叉子的一刻，也剛好吃完早餐，她立即站起來收拾碗筷，以免殷琪或父親搶先代勞。母親微笑說：「快上班吧。」便把碗碟捧回廚房。水聲裏，殷琪想着這種生活快要結束，雙眼一紅。

殷琪要結婚了，婚禮定在一年後，而遷出的日子將會更快。她與未婚夫最近忙於四圍看屋，一租到合適的房子就會搬走。這個月，殷琪秘密練習廚藝，希望將來也是一個稱職的妻子，獲得丈夫的寵愛。

她與未婚夫約在下班後到傢俱店看看。下大雨，她在傢俱店外的屋簷等候他。她最後只等到他的短訊：「我們分手吧。」

為甚麼？

最初，殷琪拼命找他，到他的住所、公司尋人未果，便瘋狂發短訊和打電話，沒有回音。她分分秒秒都在想着自己哪裏做得不好、他為何要離開……

他再找她，還是用短訊，「我和阿嵐一起了。」阿嵐是他青梅竹馬的好友。

一年後，她再收到他的短訊，「我和阿嵐結婚了。」那夜，殷琪看見他上載上網的婚禮片段。

幾乎是一認識他，他就說起阿嵐。拍拖不久，他就介紹阿嵐給她認識，從此，阿嵐穿梭於他們之間，成為他們最好的朋友。殷琪手忙腳亂地籌備婚禮時，很慶幸有阿嵐的陪伴與幫忙⋯⋯殷琪看着婚禮片段，反覆想着阿嵐盛情地陪他們看婚紗、看場地、看房子時，是否早有預謀？他與阿嵐真是後知後覺地發現兩人之間是愛情而非友情嗎？

殷琪繼續播放婚禮的片段。婚宴裏，新人形容彼此是經歷了整整兩年的艱難和磨練，才明白心中只有彼此，只想與對方相伴到老。殷琪和他戀愛了兩年。新娘一邊流淚一邊感謝新郎那麼勇敢，面對千夫所指，承受巨大壓力，仍要愛她、娶她。「我欺騙不到我的心。」新郎說罷，輕吻阿嵐。

這片段，殷琪反覆看了一晚。她原本以為，他的消失，他的婚禮，他們的婚禮發言，已足夠令她心碎。她後來反覆想起的卻是他看着阿嵐的眼神，那麼快樂。他從未這樣看着她。

殷琪想着，如果他們如期結婚了，她全心全意愛他，為他付出一切……再過兩年，再過二十年，他就會像看着阿嵐一樣看着自己嗎？

以後，父母沒有過問殷琪的消失的婚禮，殷琪的朋友也沒有提起他。倒是朋友擔心嫁不出時，殷琪會刻意提起他們的異性好友，問：「把這段友情轉化為愛情，可以嗎？」

休息日，殷琪如常吃着母親煮的早餐，父親出門，母親正在洗碗。吃完了，殷琪把餐具拿進廚房，在母親身後站了一會，問：「你從不害怕父親忽然離開嗎？就是，你為我們不斷付出……」

「他隨時可以走，你也是。」母親邊抹乾碗筷，邊說：「煮早餐給你，我很快樂。」

二〇二〇年六月刊於《StoryTeller》
二〇二一年六月修訂

1

沉溺

三年前，她跟自己說：「首先拯救自己的健康和情緒。」然後辭去工作，離開男朋友以及所有困擾自己的人際關係，往後一年好好照顧自己，她那藥石罔效的滿身紅疹終於完全褪去。

她以為，人生從此陽光普照，因為她已經從低谷爬出來，明白如何在低谷逃生，以後不怕逆境。人生卻原來是一個接一個的低谷，平安無事的一日，一出門，一轉彎，忽然跌進更深的洞穴，過往的逃生方式沒有用。紅疹再次爬滿全身。

明朗是她從前的男朋友，上一次的紅疹痊癒後，過了幾個月，她又回到明朗身邊。他還是老樣子，和她一起，也和另一情人在一起。變的是她。從前認為明朗必須對自己一心一意，現在卻甚麼都說好。分開了冉一起，她發現她離不開這個人，眼裏只有他，腦裏只有他，而不離開的方法，是她無論如何都不放手。

她和明朗在十二歲相識。那年中一，按照學號順序，明朗坐在她旁邊。明朗在檯底牽着她的手上課。這樣便二十年。大學畢業不久，她知道明朗有外遇，可是他同時面對工作不順、母親離世……她默不作聲，專心打理他母親的後事。她想，他們的感情如此深厚，忍耐一會，他和那個人總會分開。她一直等待，心病等到身病，紅疹爬滿全身，藥石罔效。她終於發了一個短訊給他：「我以後不再見你。」

接下來那年，她全心全意討好自己，雖然想念明朗，卻沒有想過找他。這二十年，她習慣把所有事都告訴他，她也只愛過這一個人，而她離開了他。紅疹全部褪去。一年了，她打開電郵，發現明朗每個月都寫一封長電郵給她，明朗說：「我想和你一起。」接下來也是每個月一封長電郵，直至她回到他的身邊。

她看不起自己。從前，她常常和朋友傾訴感情，朋友總是勸她分手。當她勇敢遠走後，所有人都稱讚她，她便獨力面對心裏那個巨大的洞。朋友都說，會痊癒的，會遇見下一個更適合的人。後來，她第一次告訴一個朋友，她再次和明朗一起，朋友怒斥：「這麼多年了，你就是活在你的幻想世界裏，幻想他愛你。」朋友疏遠了她。她不敢再跟任何人說。

那個女人叫小清。她一走，小清就是明朗在陽光下的情人。明朗說，你回來，小清還是我的女朋友。所以，明朗在情人節買了一百支玫瑰等小清下班，和小清慶祝情人節，「小清從前也會體諒我」，她點頭，她和明朗從此只在暗黑裏擁抱。

情人節下班歸家，父母冰冷地抱怨她三十幾歲仍然單身，真是無用，「無得嫁女，又無得抱孫，我們對你很失望。」她一次又一次想離家出走，從十幾歲想到三十幾歲，還是與父母同住，她覺得自己真的很無用。她曾經提議搬走，父母冰冷地斥責：「真是不孝，搬走就永遠不要回來，我們和你再無關係。」她想像自己失去父母，明朗也不會跟她一起住，她一個人，多孤單。

她和明朗說起父母，他總是溫柔地說：「我明白。」像中學時一樣。她只是想要一個聆聽她、明白她的人。她常常想在明朗身邊。可是，中秋節、聖誕節、除夕⋯⋯她一個人，想着他正與小清歡渡，紅疹再次爬滿了她的皮膚，她用妝容和長袖衫褲遮掩。

* * *

寧是新入職的同事，上司指派了她照顧寧。

上一次的紅疹痊癒後，她找了一份新工作。她從前的工作朝九晚十二，上司是一個瘋漢。她以為轉工了就有好日子過，上司卻是一個瘋婦，同事只會埋首工作，從不交談，怕會招來瘋婦的轟炸。

整個辦公室都像雷雨交加一樣，只有寧掛着幸福洋溢的笑臉，與辦公室的氣氛形成強烈反差。寧雖然安靜坐着，她卻留意到寧總是抬頭四圍望，非常希望碰上任何人的目光，期待對方停下來與她聊天。

因為要交帶工作給寧，她每天和寧說話幾次，但一說完工作就立即走，寧想與她閒談幾句的渴望總是落空。她最初以為，寧只是因為新入職，情緒和力量都未被消耗，才會一臉天真快樂。三個月後，寧還是散發着一種自得其樂的氣場，令她更不想走近寧。

寧終於等到了。這晚，大家都要加班。她拿着一個杯麵來到茶水間，寧正好站在茶水間裏喝着熱薑蜜，一見她停下來拆開杯麵的包裝，立即問：「你是不是從小到大都成績很好的？」

「想說甚麼？」她不抬頭地問。

她真是從小到大都成績很好，操行很好，是別人眼中的模範生，小學是風紀隊長，中學是總領袖生，因為這樣，父母在她身上投射了她會飛黃騰達、為家庭帶來富裕物質的慾望，當她做不到，父母便十分失望。而她和明朗在中學、大學的形影不離，以及別人不斷說的「天造地設」、「郎才女貌」等評價，也帶來了浪漫美好的假象，她以為自己擁有一段完美愛情。

寧打斷了她的思緒：「因為你很能幹、很可靠，我就猜想你從小到大都很成功。」

「人人都追求成功吧。」她仍是不抬頭，把加了調味料的杯麵注熱水。

「那你怎樣看失敗？」寧問，「通常一直成功的人，不懂面對失敗。」

「我很失敗。」熱水一到達水位線，她就拿着杯麵離開。

＊＊＊

紅疹是在除夕那夜復發的，病情比三年前嚴重。醫生如從前一樣，說：「既然你是因為情緒困擾而病發，藥物只能暫時紓緩病徵，你必須靠自己康復。」

工作，家人，明朗，她全部都離不開。

明朗與小清到日本慶祝生日，「因為要顧及小清的感受，這星期，我不能找你。」這星期，她一直回想着，十二歲認識明朗，父母沒有給她的愛護和保護，明朗給了她。她一不安，立即找明朗，他會放下一切陪伴她。她知道明朗有外遇，不但沒有揭穿，還非常努力地學習打扮、學煮明朗愛吃的餸菜……她一留意到明朗常常細看花店外的花束，就立即學習花藝，後來知道小清在花店工作。

明朗說：「其實你不用這樣。」

她說：「我可以變成任何形狀，只要你更喜歡我。」

從前在明朗身邊，她就像寧一樣活潑開朗，把心中的想法說個不停。她後來知道小清是一個溫柔安靜的人，她就愈來愈沉默。

這星期，紅疹像巨獸一樣吞噬她。

* * *

這天，寧和她在偏遠的鄉村工作，工作後，要先走三十分鐘路到小巴站，再坐三十分鐘小巴回市區。因為不用留在辦公室，寧非常快樂，沿途歡天喜地說這說那。

她靜默了大半日，才說了句：「你真有自信。」

「而且很自戀，」寧說，「我超級喜歡自己。」

「為甚麼？」她問。

「為甚麼……」寧一副認真思考的樣子，想了幾秒，說，「完全沒有想過，就是覺得無論如何都要愛自己，每個人都值得被愛。嗯，好像我眼睛很小又很多雀斑，可是我很喜歡打扮，很喜歡照鏡，而且覺得自己很好看。」寧一邊說着，一邊像跳芭蕾舞一樣轉圈。

她微笑，「像你這樣真開心……你會不開心嗎？」

「會啊！會有陷入困局而且筋疲力盡的時刻。」寧答。

「但不會覺得自己很廢物嗎？」她說，「我覺得喜歡自己是有條件的，就像喜歡其他人是有條件的一樣。如果我是一個勇敢、果斷、堅強、努力的人，我想跟這樣的人做朋友，但如果……我說，如果，我是一個軟弱、懦弱、不爭氣、有困難卻只懂逃避的人，我不明白，我為甚麼要喜歡這樣的人？」

「人性本廢，你同意嗎？」寧說，「我的男朋友也很廢物，可是他很可愛，我最喜歡他。我覺得，所有完美都是假象。」

寧像少女一樣數算着男朋友的可愛缺點。她看着窗外風景。快要下車。她問寧：「對了，你不開心，或者很困擾時，會做甚麼？」

「到情緒旅館住幾日。」

「情緒旅館？」

「嗯，好好休息幾日，再應付人生。」

「幾日過去，仍很困擾呢？」

「再休息幾日，不要對自己太苛刻。」

二〇二一年六月

後記

後來，我不時想起她，明朗，和他們的對話——

明朗說：「其實你不用這樣。」

她說：「我可以變成任何形狀，只要你更喜歡我。」

我偶然想着，明朗到底是怎樣的人，明朗真是愛她嗎？如果愛——如果不愛，他陪伴了她二十年，和她走過了舊日的泥沼，卻變成了她現在的泥沼。

她的泥沼，是命運安排，還是自討苦吃？

一個人，真是可以自由選擇愛上誰嗎？

她和明朗是〈沉溺〉的主角，〈沉溺〉是〈拯溺〉的續篇。

〈拯溺〉裏，她諸事不順，在抑鬱的崖邊決心自救，於是辭掉工作，和明朗分開，每天都全心全意地拯救自己的健康和情緒，半年後，她身心痊癒。

故事如果在這裏結束，她彷彿就是「從此幸福快樂生活下去」的故事主角。

故事繼續，她的人生繼續。〈沉溺〉寫她三年後，回到明朗身邊，接受了明朗、小清與她的三人關係。從前，小清是見不得人的第三者，現在輪到她是第三者，她傷心難過，明朗說，小清從前也是這樣。於是她陷入了更深的泥沼：離開了，卻發現離不開，她知道應該怎樣做，可是她做不到。「應該做」的自己分分秒秒指責着「做不到」的自己。

去年寫〈拯溺〉，我想寫的主題是「愛自己」，無論世界如何壓迫和批評你，把不屬於你的責任強加於你身上，你最大的責任始終是好好愛自己。

後來寫〈沉溺〉，我也是想寫「愛自己」，就算你愛錯人、做錯事、人在困境、遭逢不幸……你覺得自己再不值得愛也好，你還是必須好好愛自己。

功利的說辭是，相比自傷自憐自怨自艾自暴自棄，「自愛」看起來好像成功一點，而且比較保障自己。當一個人暫停自我批評，好好休息、回復狀態後，較有力氣走出困境。

絕望的說辭是，因為沒有人一定愛你。如果你要在世界尋找一個無條件接納你、永遠不會傷害你的人，只有你本人有機會勝任這個角色。〈沉溺〉的她無法令明朗不傷害她、不離開她，但她可以不傷害自己。她無法令明朗對她好一點，但她可以對自己好一點。

她的同事寧來自〈情緒旅館〉，曾經厭倦人間而短暫逃離，卻又眷戀人間而折返，外表無憂無慮，散發着活潑快樂的氣場，照亮了抑鬱的她。〈情緒旅館〉的灰照亮了寧，寧不經意又照亮了她。寧的想法是，既然自願留在人間，那就盡情快樂。

這本書裏，我寫了很多關於情緒的故事，有時寫給朋友，有時寫給自己。我想是因為人間不幸，以及整個社會的憂鬱氣氛，這一兩年，我寫完一個不幸的角色，總是不太忍心把他留在悲傷裏，硬是要陪他找到一點光明，一點安慰。

我想，我會繼續寫她的故事，給她一個好的名字。晴空。晴空和明朗，各自看起來，滿是和煦的陽光。

我也想寫寧的故事，可能關於過去，可能關於未來。

我會繼續寫下去。

二〇二一年十月

故事文庫2

作　者　趙曉彤
版　畫　何幸兒
責任編輯　莊櫻妮
裝幀設計　曹智崴（Third Paragraph）
校　對　陳家敏
出　版　説故事有限公司
印　刷　高行印刷有限公司
尺　寸　一〇五×一四八毫米　一四〇頁
初版一刷　二〇二二年一月

ISBN: 978-988-75261-2-4

Printed & Published in Hong Kong

StoryTeller

説故事有限公司 StoryTeller Ltd.

香港中環士丹頓街十五號一樓
1/F, 15 Staunton Street, Central, Hong Kong
+852 51375776 | info@story-teller.com.hk
https://www.story-teller.com.hk
FB / IG : everyone.is.storyteller